おとなりどうし ソラくんとレミくん

石津ちひろ・さく

高畠那生・え

理論社

もくじ

ソラくん　レミくん　おさかなを　みつけたよ
5

ソラくん　レミくん　あめふりの　まき　20

ソラくん　レミくん　だいすき　たからさがし　38

ソラくん　レミくん
おさかなを　みつけたよ

ある　ひの　ことです。ぽかぽかの　おひさまに
さそわれて、ねこの　ソラくんは、とっとこ　とっとこ
おさんぽに　でかけました。
そろそろ　ひきかえそうかな……と
おもっていたときのこと。どこからか、おいしそうな
においが　してきました。はなを　ひくひくさせながら、
ソラくんが　あたりを　きょろきょろ　みまわすと、
おいしそうな　おさかなが　おちて　いたのです。
ソラくんが　ささーっと　ちかづいて　いくと、べつの
ねこも　さささーっと　かけよってきました。

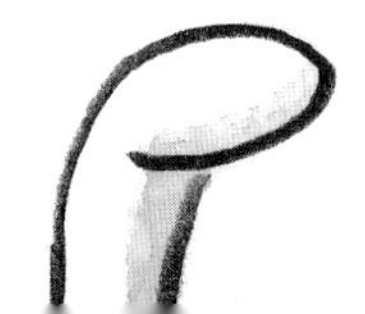

それは　なんと、　となりの　レミくんでした。
ソラくんも　レミくんも、　そろって　おなかが
ぺっこぺこ。　ふたりとも、　おさかなが　たべたくて
たべたくて　たまりません。

するとそのとき、きのうえから、カラスのこえがきこえてきました。

「おふたりさん、ようくききな。けんかはぜったいにだめだよ。そうだなあ……。じゃんけんをしてかったほうが、そのさかなをたべればいいじゃないカァー！」

ソラくんとレミくんは、そろってこたえました。

「いいかんがえだニャー！」

ふたりはさっそく、じゃんけんをはじめました。

じゃんけんぽいぽい

じゃんけんぽん
もいちど　ぽいぽい
じゃんけんぽん
ぼくたち　ねこが
だせるのは
グーと　パーの
ふたつだけ
ググー　パーパー
グーパーグー
じゃんけん　ぽいぽい

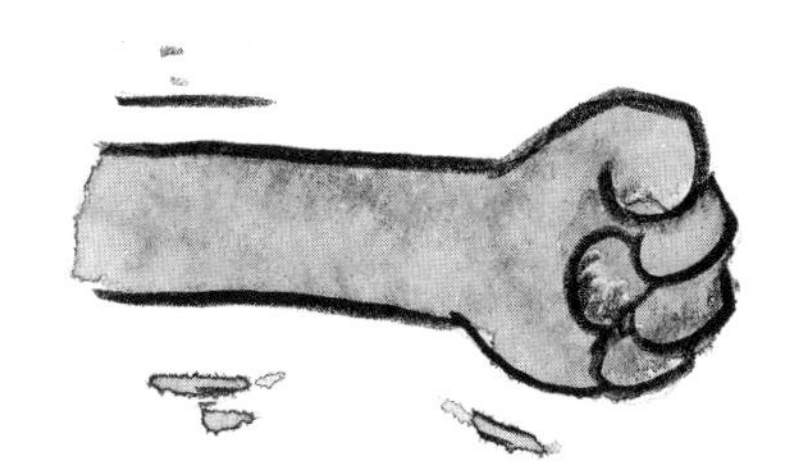

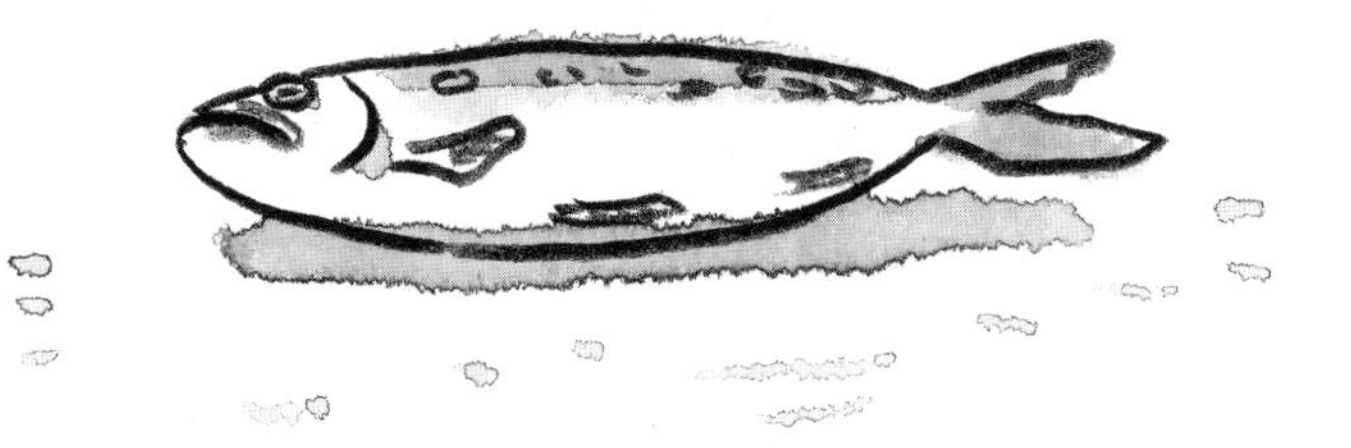

じゃんけんぽん
もいちど　ぽいぽい
じゃんけんぽん
ぼくたち　ふたりが
だすものは
なぜか　いつでも
おんなじさ
グーグー　パーパー
グーパーグー

けっきょく　なんどやっても、ふたりは　ずーっと

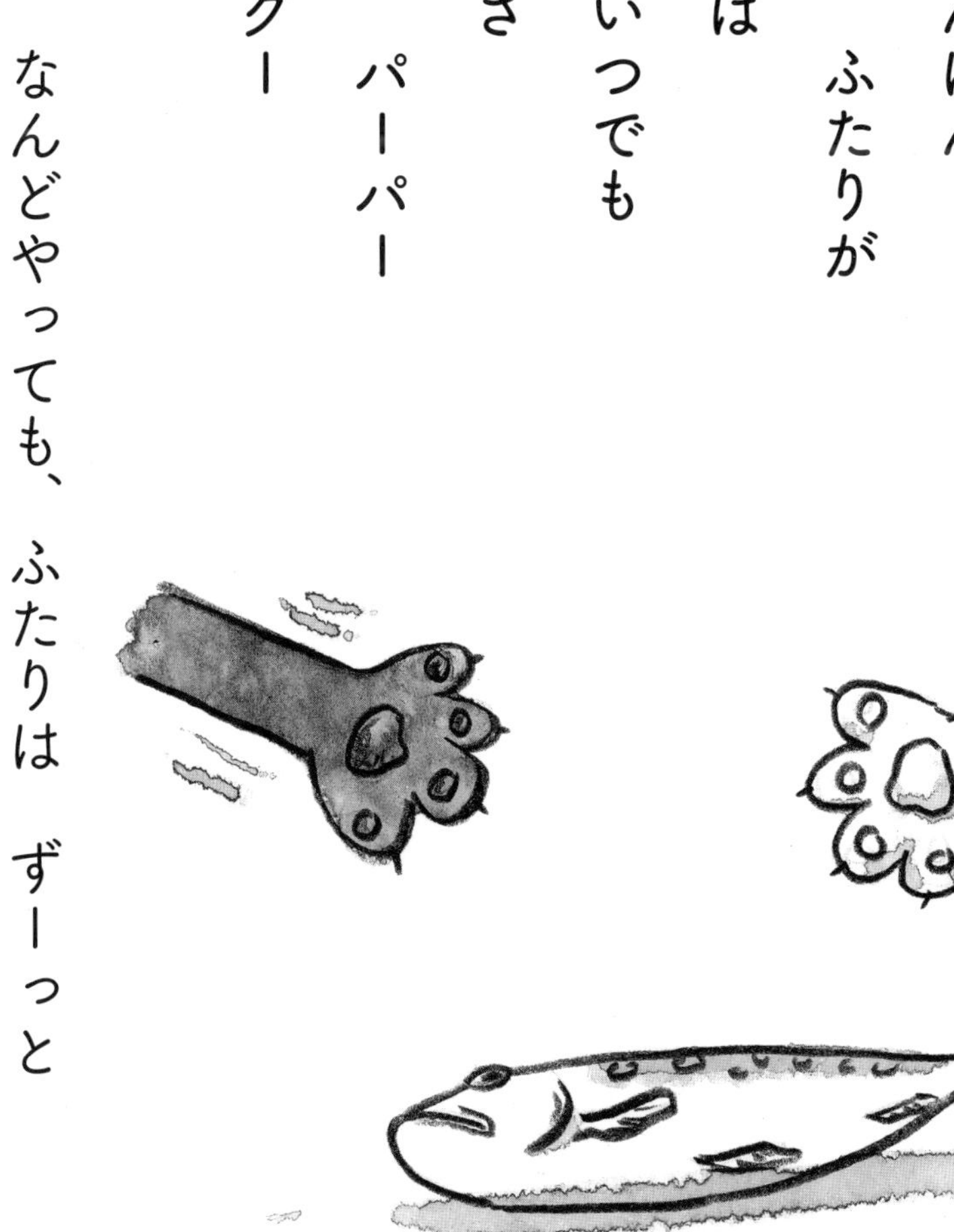

あいこばかり。
ソラくんと　レミくんは、　こまってしまいました。
そのとき、　きの　うえの　カラスが　いいました。
「いやあ、　なかなか　きまらない　もんだねえ。
そうだなあ……。　それじゃあ、　にらめっこをして
かったほうが、　その　さかなを　たべれば　いい
じゃないカァー！」
「なるほどニャー！」
ふたりは　さっそく、　にらめっこを　はじめました。

あっぷっぷー

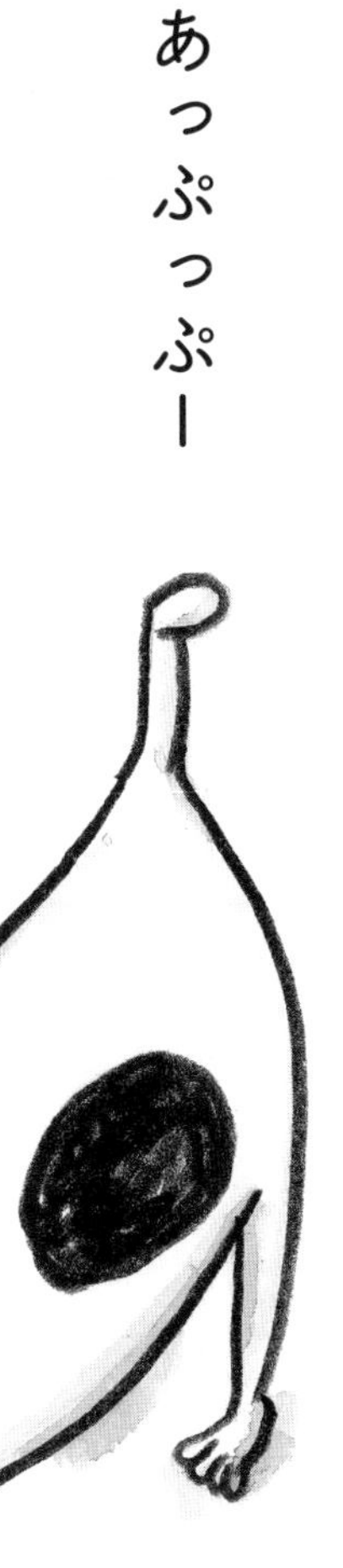

あっぷっぷーの
ぷっぷっぷー
ねこの　とくいな
にらめっこ
ぜったい　だれにも
まけないよ

あっぷっぷー
あっぷっぷーの
ぷっぷっぷー
ねこは　こころで

わらっても
けっして　かおには
ださないよ

けっきょく　なんどやっても、ふたりは　ずーっと
わらいません。
ソラくんと　レミくんは、こまって　しまいました。
そのとき、きの　うえの　カラスが　いいました。
「いやあ、なかなか　きまらない　もんだねえ。
そうだなあ……。それじゃあ、ちゅうがえりをして
かったほうが、その　さかなを　たべれば　いい

じゃないカァー！」

「いいかもニャー！」

ふたりは　さっそく、ちゅうがえりを　はじめました。

ひとめみて
みんなが　あっと
おどろくよ
ぼくたちねこの
ちゅうがえり
ひょいっ　くるりっ　すとんっ
ひょいっ　くるりっ　すとんっ

いつだって
みんなが　うっとり
みとれちゃう
ぼくたちねこの
ちゅうがえり
ひょいっ　くるりっ　すとんっ
ひょいっ　くるりっ　すとんっ

ソラくんも　レミくんも　とくいに　なって、ずっと
ずーっと　まわりつづけました。

ふと　きが　つくと、　おさかなの　すがたは　どこにも
ありませんでした。
それだけでは　ありません。　カラスも　いつのまにか、
いなくなって　いたのです。
「あれれ!?　おかしいニャー」
「あれれ!?　へんだニャー」
ふたりは　なんども、　くびを　かしげました。

そらでは　はやくも、　いちばんぼしが　きらきらと
かがやきはじめています。
そろそろ　ばんごはんの　じかんです。　もしかしたら、

おうちの　ひとが　しんぱいして　いるかもしれません。
ソラくんと　レミくんは、おうちを　めざして
とっとこ　とっとこ　かけだしました。

ソラくん　レミくん　あめふりの　まき

きょうは　あさから、　あめが　ふっています。
さんぽの　だいすきな　ソラくんは、　たいくつで
たまりません。
「つまんないニャー。　……あっ　そうだ！　レミくんと
あそぼう」
ソラくんは　すずを　くちに　くわえると、　となりの
いえの　まどに　むかって、
リリン　リリリン
と　きれいな　おとを　ひびかせました。
これは、「あっそぼーっ」という　あいずなのです。

すると、まどべに　いた　レミくんが、ゆっくりと
めを　ひらいて　いいました。
「やあ　ソラくん。あめが　ふってて、いやに
なっちゃうニャー」
「うん。だから　うちで、いっしょに　あそぼ！」
「それが　むりなんだニャー」
「えっ、どうして？」
「きのう　バラの　とげを　ふんずけちゃって、あしが
すごーく　いたいんだよね。だから　きょうは、
うごきたくないんだニャー」
「じゃあ、ぼくが　レミくんちに　いくよ」

「うーん、それより
ここで　なにか
しない？」
　すると　そのとき、
スルスルと
かべを　はっていた、
やもりの　おじさんが
いいました。
「こばなしを
つくるっていうのは、
どうだい？」

「えっ⁉　こばなしって、
あの、らくごなんかに
よく　でてくる　やつ？
くすりと　わらえる、
みじかい　おはなしの　こと？」
　ソラくんが　たずねると、
やもりの　おじさんは　すぐに
いいました。
「その　とおり。　そうだな……ここで　ひとつ、
てほんを　おみせしよう」

「この　いえの　かこい、
いまにも　くずれて　しまいそうじゃ。
きを　つけろ！」
「へい！」

ソラくんは　わらいながら　いいました。
「なるほど……。〝いえの　かこい〟も　〝へい〟だし、
へんじでも　やっぱり　〝へい〟っていうもんね!?
なんか　だじゃれみたいで、
おもしろーい！
あっ、ぼくも　ひとつ
おもいついたよ」

「ねえ　きみ、さいきん
うちを　たてたんだって？」
「いえ」

やもりの　おじさんは、　はくしゅを　しながら
いいました。
「ソラくん、うまいよ。びっくりだな！　さあ、こんどは
レミくんの　ばんだよ」
「はーい。じゃあ、いきまーす」

「きいろくて　ながい　くだものが、
だいすきな　ゴリラ。
いちどに　二十ぽんも
たべるんだってさ」
「そんな　バナナ！」

20 BANANA

「あっ、ぼく　また、おもいついた！」
ソラくんが　めを　かがやかせて　いいました。

「バナナの　かわが、みちに　おちて　いたんだ。
ちょうど　そのとき、しろくて　ほそい　とりが
とおりかかって、
あしを　すべらせたんだって……。
〝つるっ！〟」

やもりの　おじさんは、　おどろきました。
「ソラくんも　レミくんも、　おもったよりも　ずっと
すごいね！　おじさんも　まけては　いられないな」

「あるとき　ほそながい　いきものが、
にょろにょろと　ひろい　さばくを　すすんでいた。
そいつは　のどが　からからに　かわいてしまって、
おもわず
いったそうだ。
『み、　みず……』」

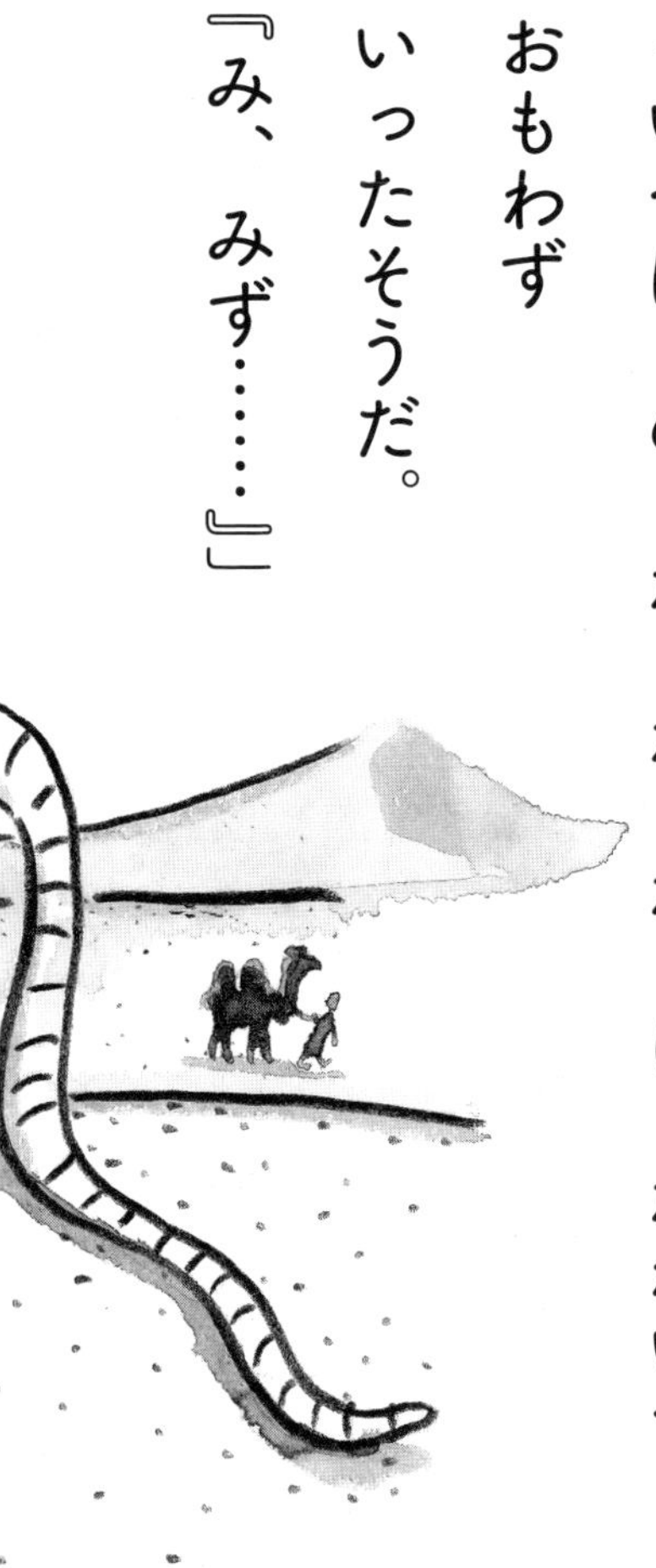

「さすが、やもりの　おじさん！　ぼくも　さばくの
はなしで、かんがえたよ」
レミくんは　いいました。

「としをとった　おうさまは、
たびの　あいだじゅう
ずっと、
せなかに　こぶのある
どうぶつに
のせてもらって　いたんだって。
おうさまの　くちぐせは……？」

「らくだ！」

こんなふうに、みんなで　もりあがっていたときの
ことです。
ソラくんと　レミくんが
どうじに、おうちの　ひとから
よばれて
しまいました。
「ごはんですよー」
「はーい。
そういえば
おなかが、
ぺっこぺこだニャー」

ふたりは　やもりの
おじさんに　おれいを　いうと、
みんなの　まつ　だいどころへ、
いそぎあしで　かけて　いきました。

さて、「いただきまーす」と
いって、ごはんを
たべようとした
ソラくんとレミくん。
テーブルに　のった
にんじんの　りょうりを

みたとたん、そろって
おんなじ　ことを
いったみたいですよ。
「かおの　ながーい
どうぶつが、にんじんを
ひとくち　かじって、
いったそうニャー。
『うまっ！』」

ソラくん　レミくん
だいすき　たからさがし

すっきりと　はれわたった、きもちのいい　あさです。
ソラくんは　まどを　あけると、おもいっきり
しんこきゅう。
そこへ、あおい　ちょうちょが　ひらひらと
とんできて、こんな　うたを　うたったのです。

さあ　さあ　こちらに　いらっしゃい～
いっしょに　たのしく　さがしましょ～
とっても　すてきな　たからもの～

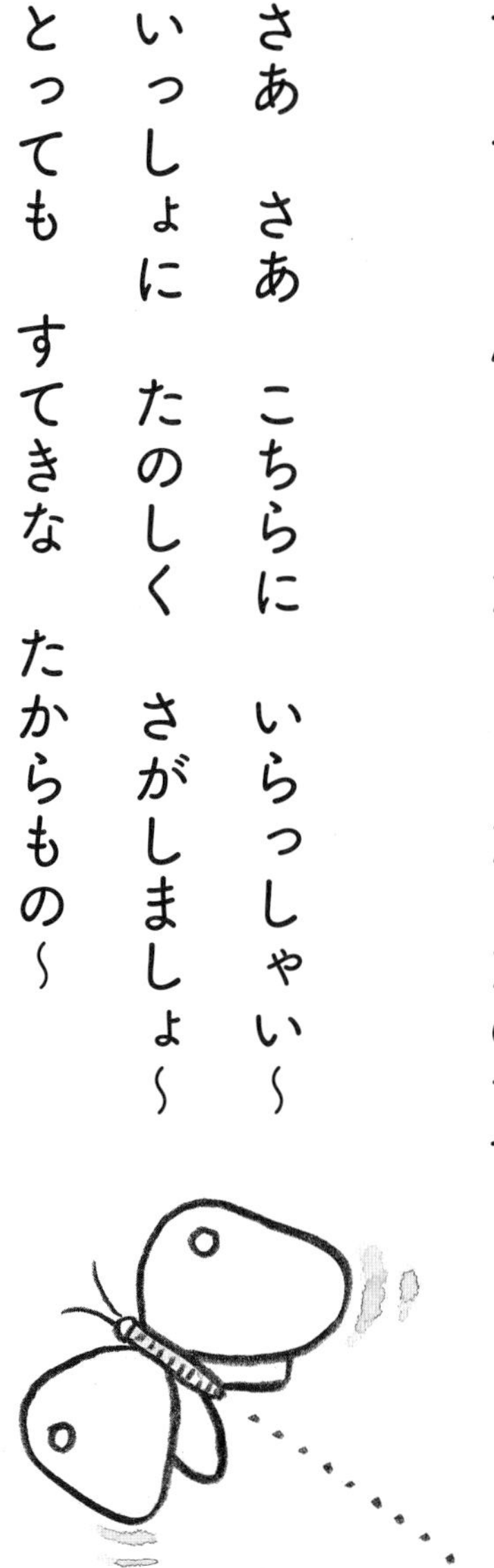

たからさがしの　だいすきな　ソラくん。
あわてて　そとへ　とびだすと、
あおい　ちょうちょを
おいかけて、　とっとこ　とっとこ
はしりはじめました。
　きがつくと、　ソラくんの
すぐそばで、　おなじように
とっとこ　とっとこ　はしっている
ねこが　いました。
　それは、　おとなりの
レミくんでした。

レミくんも、　たからさがしが　だいすきなのです。
「おはようー」
「いい　おてんきだニャー」
ふたりは　あいさつを　かわしながらも、　ちょうちょの
あとを、　けんめいに　おいつづけていました。
そのときです。　あおい　ちょうちょが　こちらを
ふりかえったと　おもうと、

さあ　さあ　こちらに　いらっしゃい〜

と　うたいながら、

けいとう
の　はなに　ぴたりと　とまったのです。
けいとうは　すごく　くすぐったそうに、からだを
ぶるぶると　ふるわせました。

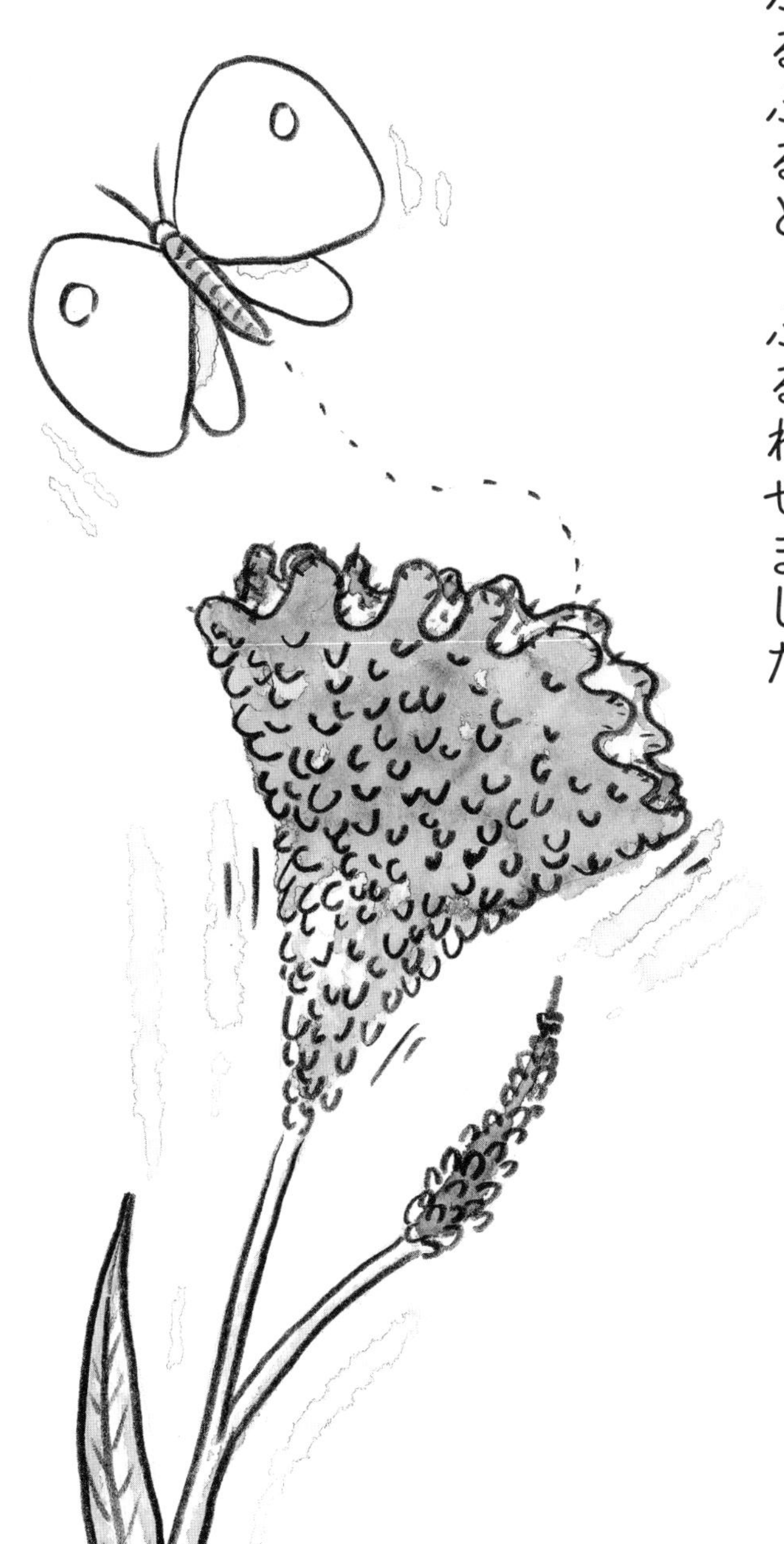

つられた　ちょうちょも、ぶるっと　からだを
ふるわせて、また　ひらひらと　とびはじめたのでした。
ソラくんと　レミくんも、ちょうちょに
おくれないように、とっとこ　とっとこ
はしりつづけました。
　やがて　ちょうちょは
　　いっしょに　たのしく　さがしましょ〜
と　うたいながら、

やぎ

の　おでこの　あたりに　とまりました。

たちまち　やぎが、「メ〜〜〜ェ」と　とびっきり

おおきな　こえで　ないたので、ちょうちょは

すっかり　おおあわて。

そのまま、よその　にわへ　はいって　いったのです。
おもわず　たちどまった　ソラくんは、レミくんに
いいました。
「どうしようか？」
いつも　おうちの　ひとから、
「よその　いえに、かってに　はいっては　いけません」
と　いわれていたからです。
「うーん……ちょっとだったら、
だいじょうぶじゃないかニャー」
レミくんは　こう　こたえると、さっさと
ちょうちょの　あとを　おって　いったのでした。

まよっていた　ソラくんも、　レミくんに　つづいて
にわの　なかへ　はいって　いきました。
しばらくの　あいだ、　にわの　あちらこちらを
かろやかに　とびまわっていた　ちょうちょ。
やがて

　とっても　すてきな　たからもの～

と　うたいながら、　えんがわに　おいて　ある
　きんぎょばち
の　はじっこに、　とまりました。

けれども、こわそうな　でめきんに　にらまれた

とたん、さっと　きんぎょばちを　はなれました。

そのあと、ひらひら　ひらひら　とびながら　にわを

でたと　おもうと、こんどは　こうえんの　ほうへと

むかい　はじめたのです。

ソラくんと　レミくんは、とっとこ　とっとこ

ちょうちょを　おいかけながら　おもいました。

「いつになったら、たからものに　であえるのかニャー」

ふたりの　きもちが、ちょうちょにも

つたわったのでしょうか？

ちょうちょは　ふたりの　ほうを　ふりかえりながら、

はなしかけるように　うたったのです。

けいとう　やぎ　きんぎょばち～
けいとう　やぎ　きんぎょばち～

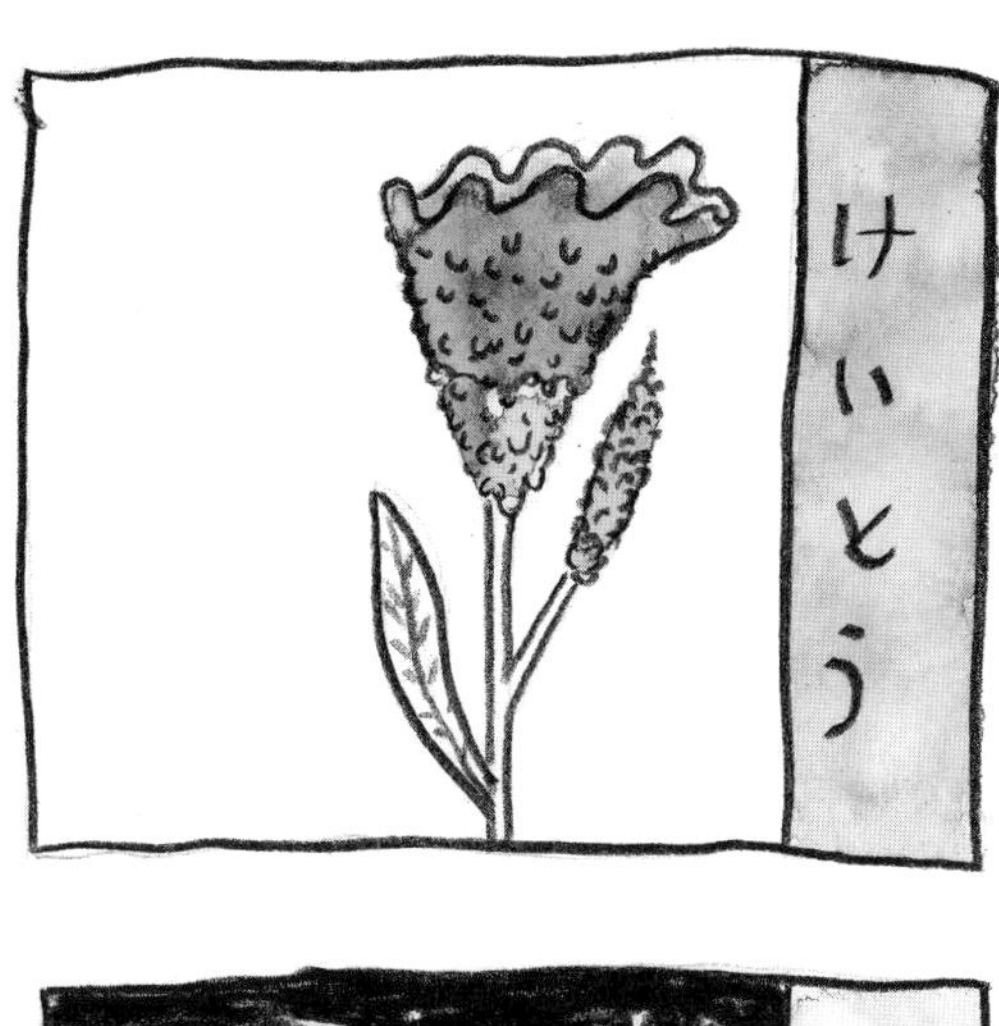

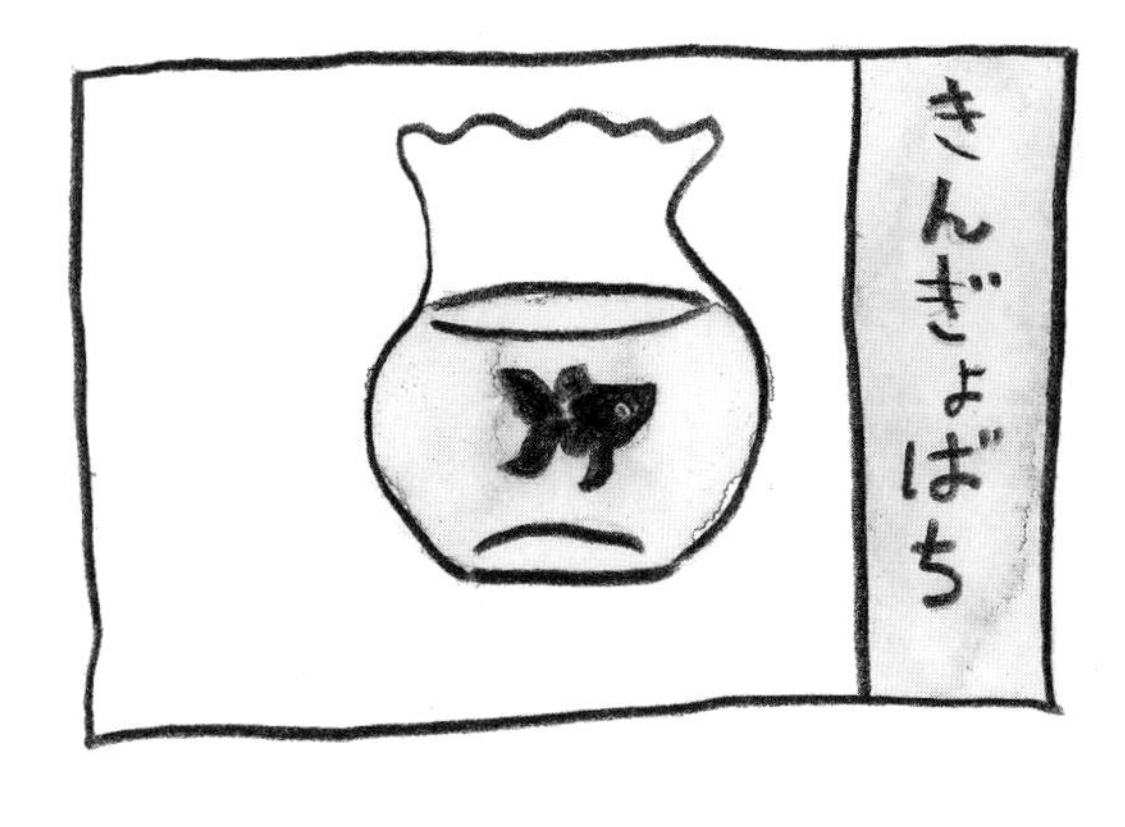

「そうか、けいとうと　やぎと　きんぎょばち　という
ことばが、ヒントなんだニャー」
「うーん、むずかしいニャー」
するど　ちょうちょが、もういちど　うたいました。

けいとう　やぎ　きんぎょばち〜

「あっ、わかった！」
ソラくんと　レミくんは、どうじに　いったのです。
「け・や・き　だニャー」
すると　ちょうちょは、

おみごと～　そのとおり～

と　はっきりした　こえで　うたったあと、
あっというまに　どこかへ　きえていったのです。
きがつくと　ふたりの　まえには、ものすごく
おおきな　けやきの　きが、そびえたって　いました。
いままで　いちども　みたことが　ないような、
りっぱな　けやきでした。
「たからものって、この　けやきのことなんだニャー」
「うん。たしかに　りっぱだもんニャー」

ようやく　ほっとした、ソラくんと　レミくん。
きゅうに　おしっこが　したく　なりました。
そこで　ふたりは　トイレを　つくろうと、
まえあしを　ねっしんに　うごかして、
けやきの　ねもとを　さくさくさくっと
ほりはじめたのでした。
まもなく　ふたりは、どうじに　こえを　あげました。
「あっ！　これが　ほんとの……」
「たからものだニャー」
なんと　そこには、きらきらと　オレンジいろに
ひかる　ねこたちが　いたのです。

はじめてみる、まぶしい　ねこの　すがたに
おどろいてしまった、ソラくんと　レミくん。
おしっこを　したかった　ことも　わすれて、
ひかり　かがやく　二ひきの　ねこたちを、
いつまでも　みつめつづけていました。
そして、その　二ひきの　ねこたちも　また、
ふたりの　ことを　じーっと　みつめかえして
いたのでした。

作者

石津ちひろ(いしづ・ちひろ)

1953年愛媛県生まれ。作家、詩人、翻訳家。早稲田大学仏文学科卒業。『なぞなぞのたび』(フレーベル館)でボローニャ児童図書展絵本賞、『あした うちに ねこが くるの』(講談社)で日本絵本賞、『あしたのあたしはあたらしいあたし』(理論社)で三越左千夫少年詩賞を受賞。主な絵本の作品に『くだもの だもの』(福音館/山村浩二・絵)『おじいちゃんとのやくそく』(光村図書／松成真理子・絵)『わたしのひみつ』(童心社／きくちちき・絵)など。翻訳絵本に「リサとガスパール」シリーズなどがある。

画家

高畠那生(たかばたけ・なお)

1978年岐阜県生まれ。絵本作家。主な作品に『ぼく・わたし』『チーター大セール』(ともに絵本館)『いぬのムーバウいいねいいね』(講談社)『おまかせツアー』(理論社)、『カエルのおでかけ』(フレーベル館)で第19回日本絵本賞受賞。近刊に『たとえば、せかいが ゴロゴロだったら』(講談社)『だるまだ！』(好学社)『みて！』(絵本館)など。読み物の挿絵に「ハリネズミ・チコ船の旅」シリーズ(理論社／山下明生・作)などがある。

おとなりどうし ソラくんレミくん

NDC913
B5変型判 21cm 60p
2015年11月初版
ISBN978-4-652-20127-5

作者　石津ちひろ
画家　高畠那生
発行者　齋藤廣達
編集　芳本律子
発行所　株式会社理論社
〒103-0001
東京都中央区日本橋小伝馬町9-10
電話 営業 (03)6264-8890
　　 編集 (03)6264-8891
URL http://www.rironsha.com

2015年11月第1刷発行

本作品は「エースひかりのくに」(2005年12月号)に掲載された
「ソラくんとレミくん」に二つの書き下ろし作品を加え、加筆し本にしたものです。

組版・デザイン協力　アジュール　　印刷・製本　図書印刷

てぶくろのふたご

二宮由紀子 さく　フィリケえつこ え

リリカちゃんのてぶくろは、ふたごの女の子。マフラーは、おばあちゃんのうちで育った男の子。冬のおでかけはいつもいっしょです。ちいさな子の身のまわりの世界をてぶくろたちの視点からいきいきと描いたお話。